Diversión en

por John Serrano

Ella es mi mamá.

Nos gusta leer libros.

Él es mi papá. Nos gusta hornear galletitas.

Ella es mi hermana.

Nos gusta cantar.

Él es mi hermano. Nos gusta hacer castillos de arena.

Él es mi abuelo. Nos gusta hacer aviones.

Ella es mi abuela.

Nos gusta navegar.

Este es mi perro.

Nos gusta correr.

Esta es mi familia.
¡Nos gusta divertirnos!